Kulinarischer Wildwest-Schundroman
mit einem bibliographischen Vorspruch und
lauter Anmerkungen in 7˙ Punkt

Harry Rowohlt

JOHN ROCK ODER DER TEUFEL

illustriert von
Peter Gut

KEIN & ABER

Meinem väterlichen Freund und saddle pal
Werner J. »Billy« Egli,
fastest typewriter this side of the
Vierwaldstätter See, herzlich zugeeignet

In der Frankfurter Allgemeinen Sonntagszeitung erscheint neuerdings unter dem Titel »Mein Leibgericht« in lockerer Folge etwas, was mit »Promis beschreiben ihr Leibgericht« ganz treffend beschrieben ist. Den Reigen eröffnete Uli Wickert mit einem sehr schönen Text. Meine Lieblingsstelle in diesem sehr schönen Text handelt davon, wie ihm einmal etwas nicht schmeckte und er ungeheuer beiläufig in einem Nebensatz sagte, es habe so ähnlich geschmeckt »wie Leopard«. Daraufhin bekam er viele böse Briefe von Tierschützern, und ich habe gesagt: »Die sollen sich bloß nicht so haben, die Tierschützer. Als hätten sie beim Italiener noch nie Kaninchenragout gegessen; das ist doch auch Katze.«

Von mir dagegen wurde, weil ich belletristischer Übersetzer bin, »etwas Literarisches« verlangt, und weil ich immer schon mal gern einen Western geschrieben hätte, habe ich die literarische Form des Western gewählt. Dabei half mit der allererste Western, den ich heimlich als Kind gelesen hatte. Es war dies ein nicht zurückgegebenes

Leihbüchereibuch mit dem Titel »**Mann gegen Mann**«, den Autor weiß ich nicht, weil ich damals, als ich noch Verleger werden sollte, auf derlei Nebensächlichkeiten nicht achtete, aber den Anfang und den Schluß kann ich heute noch auswendig.

Der Anfang: »›**John Rock oder der Teufel.**‹ **Das sagten sie alle.**«

Der Schluß: »›**Sterne**‹, **murmelte er sinnlos.** ›**Millionen und Abermillionen von Sternen.**‹ **Dann wurde es schwarz.**«

Und auch das, was dazwischen kommt, ist schnell erzählt.

»Es sollte doch mit dem Teufel zugehen«, dachte John Rock, »wenn sich in dieser vermaledeiten Blockhütte trotz Sperrfeuer von der Hügelkuppe nichts zu futtern auftreiben ließe.«

Immer wieder gab er einen Schuß in Richtung des nur noch vereinzelt aufflackerndn Mündungsfeuers ab und unterzog die Pantry einer eingehenden Prüfung.

»Damn it«, stieß er zwischen zusammengebissenen Zähnen hervor, »nur haltbare Billiglebensmittel, die sich noch dazu mit geringem Aufwand zu einer schmackhaften *pièce de résistance* verarbeiten lassen!«

Mit seinen von einer lückenlosen Hornhaut überzogenen Rauhreiterfingerspitzen überprüfte er die Vorräte in der von einem modrigen Halbdunkel erfüllten Speisekammer, als ihn das hungrige Belfern dreier '42er Enfields aufhorchen ließ.

»Soso, die Enfield-Drillinge haben sich dem sauberen Haufen beigesellt«, spottete er mit grimmigem Grinsen und feuerte einmal knapp in Richtung des Belferns. »Sollte mich nicht wundern, wenn es jetzt nur noch Zwillinge wären«, schmunzelte er, daß sich sein Kinngrübchen verfinsterte.

Mit dem Daumennagel riß er ein Streichholz an, dessen Flackern ein mit einem rohen Zimmermannsnagel an der Bohlenwand angebrachtes aus der El paso Sun & Bugle ausgerissenes Kochrezept notdürftig beleuchtete.

EL PASO
SUN & BUGLE

»Schlichtglibber ›Shaolin‹?« rätselte er. »Sollten die chinesischen Gleisarbeiter außer der Santa Fé & Western RR auch noch einen kulinarischen Beitrag zum Weltkulturerbe, wie es sich westlich des Pecos manifestiert, hinterlassen haben?«

Inzwischen schienen die Belagerer Verstärkung von herumstreunenden Apatschen bekommen zu haben, denn die ersten Brandpfeile zischten über die reetgedeckte Blockhütte[1]. Es war also keine Zeit zu verlieren.

1 Ist natürlich Quatsch, ein Reetdach in einem Western, aber weil Blockhütten in solchen Zusammenhängen früher oder später immer in Flammen aufgehen, habe ich diese Blockhütte noch zusätzlich reetgedeckt, damit es 2 bis 3 Seiten schneller geht.

»Pfffschsch!« machte das zweite Streichholz am gekerbten Daumennagel. »Zutaten Doppelpunkt«, entzifferte er.

»›Bamboo Garden‹-Glasnudeln; grüne Currypaste von Mae Ploy; Wakame-Seetang; Idioten-Curry aus der Tüte; 2 bis 3 Knoblauchzehen; 1 Beutel geheime Zutat[2]. Nach Gutdünken Maggi, Essig, Sesam- oder Olivenöl, Kardamom[3], Liebstöckel und / oder Frühlingszwiebeln drauf- und drüberhauen.«

2 Nie werden die Leser der Frankfurter Allgemeinen Sonntagszeitung erfahren, um welche geheime Zutat es sich handelt, weil Sie aber die sortimentspreisgebundenen circa € 12.80 bzw. SFr 19.90 abgedrückt haben, sollen Sie auch alles erfahren. Bei der geheimen Zutat handelt es sich um nichts anderes als (im Flüsterton weiter:) eine Tüte »Chinesische Gemüsesuppe« von Maggi. Ohne die funktioniert das ganze Gericht nicht.

3 Kardamom gehört da gar nicht rein. Ich habe das nur hingeschrieben, damit die Leute glauben, ich wüßte, was das ist.

John Rock grübelte: »Maggi? Maggi?« konnte er doch nicht ahnen, daß die Maggi GmbH erst 1897 in Singen am Hohentwiel gegründet werden sollte.

»Dann nehme ich eben mehr Liebstöckel und Salz«, entschied er hellsichtig, robbte auf dem Fußboden zu einem der Fenster, deren Rahmen längst zersplitterfasert waren, schoß wie absichtslos in die Luft und gab damit einem der Brandpfeile einen unerwarteten Effet. Wutgeheul von der Hügelkuppe dankte es ihm.

Im Zurückrobben versetzte er der halb verborgenen Luke einer total verborgenen Abseite einen Tritt. Die Luke sprang auf und gab den Blick auf einen verwahrlosten Küchengarten frei, in dem außer Knoblauch, Kardamom, Liebstöckel und Frühlingszwiebeln nur indischer Hanf bis zum Abwinken gedieh.

»Pah, indischer Hanf«, winkte er ab, las dann im Licht, das durch die aufgetretene Abseitenluke drang, weiter im Rezept.

»Mit dem Schneebesen«, las er, »in heißem Wasser Currypaste, Idioten-Curry, gepreßten Knoblauch und geheime Zutat verkleppern. Glasnudeln rein, Deckel drauf. Aufkochen lassen, Deckel ab, Tang rein, Hitze abstellen, umrühren, Deckel wieder drauf, Küche verlassen und den gesamten Vorgang vergessen.«[4]

4 Stimmt. Damit die Glasnudeln und der Seetang quellen können. Das Gericht kocht sich praktisch selbst, so schnell geht es. Die Frankfurter Allgemeine Sonntagszeitung schickte mir die scharmante Fotografin Holde Schneider ins Haus (und sie bemängelte, man sehe mich in der Küche immer nur von hinten, aber man sieht Kochende in Küchen immer nur von hinten –, außer in Fernsehküchen; da sieht man Biolek von vorn, was aber auch nicht immer sein muß), und ich war mit dem Schlichtglibber »Shaolin« so schnell fertig, daß ich ihn zweimal kochen mußte, bevor sie ihn einmal fotografiert hatte. Man fragt sich, woher das Wort »Momentaufnahme« kommt.

Mit den geübten Augen des Westmanns fand er alle angegebenen Zutaten – auch die geheime –, und mit den geübten Händen des Grenzlandreiters bereitete er heißes Wasser, verklepperte er, deckelte er auf, rührte er um, deckelte er zu, stellte er ab, verließ die Küche und vergaß den gesamten Vorgang –, hatte er doch, God knows, Wichtigeres zu tun.

Seine getreue ’32er-Spezial-Winchester lehnte in einer Ecke, schien ihm mit ihrem blanken Messingschloß ein aufmunterndes »Auf geht’s!« zublinken zu wollen[5]. Zärtlich lud er sie durch und beförderte – raatschang[6] – das erste gelbglitzernd-stumpfgraue Projektil in den Lauf: Von ihm aus konnte es losgehen.

5 In etwa jedem 35. Western kommt ein Schuft dadurch zu Tode, daß das Sonnenlicht vom blanken Messing- oder Stahlschloß seiner Winchester reflektiert wird, so daß der Held sieht: »Da lauert ja immer noch ein Schuft hinter dem Gebüsch!« Man achte also als Schuft beim Winchesterkauf auf ein mattiertes Messing- oder Stahlschloß, dann kann man selbst in gefährlicheren Western steinalt werden.

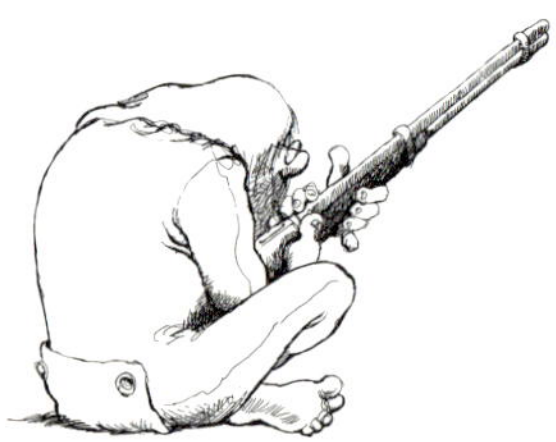

6 Bei Karl May steht, der Ku Klux Klan habe sich nach dem Geräusch benannt, welches eine Winchester (bei Karl May durchgängig »Henry-Stutzen« genannt) beim Durchgeladenwerden macht. Hier irrt May. Der Ku Klux Klan hieß ursprünglich Kyklos-Klan, nach dem griechischen Wort κύκλος (Kreis, Zirkel, Runde), weil aber, Sie haben es erraten, nur die allerwenigsten Klansmen eine humanistische Bildung genossen hatten, sagten alle anderen: »Was ist **das** denn für ein komisches Wort?!« und so trat der Kyklos-Klan seinen Siegeszug als Ku Klux Klan an. Ähnlich verhält es sich beim nordamerikanischen Wappenvogel, dem Adler. Der sollte ursprünglich ein Phönix sein, weil aber noch niemand einen richtigen Phönix gesehen hatte, hieß es wieder allgemein: »**Der** Adler sieht aber komisch aus. **Das** können wir aber besser.« (Ich persönlich habe bisher weder einen Phönix, noch einen Adler gesehen, nur mal von der Eisenbahn aus einen Rüttelfalken. Das war sehr tröstlich, weil ich ziemlich aufgewühlt war, hatte mir doch auf dem Hauptbahnhof von Heilbronn kurz zuvor eine Ehrenämtlerin von der Bahnhofsmission in den Zug geholfen. Seitdem ist nichts mehr, wie es war.)

Ausräuchern wollten sie ihn. Das hatten sie sich auf ihrer uneinnehmbar gewähnten Hügelkuppe so gedacht.

»Noch sehr die Frage«, knirschte er, mehr an seine ’32er-Spezial-Winchester als an sich selbst gewandt, »wer hier wen ausräuchert, was, Winnie?« denn so nannte er seine getreue ’32er-Spezial-Winchester oft im Scherz und ohne Zeugen.

»Winnies« Antwort sollte nicht lange auf sich warten lassen. Heiser verspie sie jäh Verderben und Tod,[7] kaum daß John Rock Zeit zum Nachladen fand. Den Vorteil des Überraschungsmoments nutzend, bald hinter einem Ginsterschößling, bald hinter einer Felsnase, bald in einer unerwartet aufspritzenden Erdfontäne Schutz und Versteck findend, walzte John Rock ungesehen und zu spät gehört hügelan.

1

7 Das ist schön, wenn man so dumme Sätze hinschreiben kann, noch dazu auf Bestellung. Dieser hat mich an eine Stelle aus »Wanderer zwischen zwei Welten« von Walter Flex erinnert. Da wird stundenlang geschildert, wie ein junger deutscher Soldat im Ersten Weltkrieg von französischen Mg.-Garben zersiebt wird, aber ums Verrecken nicht stirbt. Ganz am Schluß dann die Erklärung: »Es war zu stark, das Wandervogelherz.«

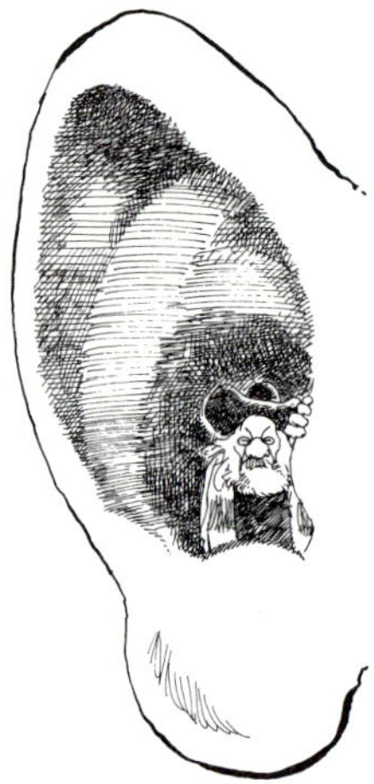

Schopfsengend nah füünschte[8] ein apatschischer Brandpfeil über ihm hügelab blockhüttzu, erleichtert fast loderte prompt die mürbe Baulichkeit auf.

»Jetzt brät er!« frohlockte, die wahre Sachlage baß verkennend, ein ehemaliger Drilling, und »Na, du trauriges Drittel einer Laune der Natur?« drang John Rocks verhaßte Stimme wie aus dem Irgendwo an des Schurken von Scharmützeln und Schlagerparaden schartig gewordenes Ohr.

8 Ein echter Neologismus. In Norddeutschland gibt es viele wunderbare einsilbige Adjektive, die auf -sch enden: füünsch (wütend); mucksch (eingeschnappt); plietsch (klug); krüüsch (heikel); eisch (böse) –, sowie mehrsilbige: figgeliensch (von Violine; svw. falsch, gerissen) und dessen Steigerung: kathoolsch.

Aber wo war er, John Rock oder der Teufel, denn das sagten sie alle, wo war er?

Er hatte sich hinter einer Araukarie versteckt, jenem in Südamerika, Australien und Ozeanien verbreiteten Nadelbaum, mit dem hier in den westlichen Ausläufern der Rockies kein Schwein rechnen konnte, und »John Rock oder der Teufel« sagten bewundernd nun alle.

»Waffen und Herrenschmuck ablegen!«[9] schnarrte John Rock routiniert, setzte aber ein launiges »Und bitte recht freundlich!« hinzu.

9 Das sagen Sprechstundenhilfen vor dem Röntgen immer, um einen zu demütigen: »Brille, Prothesen und Herrenschmuck ablegen.« Jetzt habe ich mich gerächt. Ich glaube, 80% aller Literatur ist Rache.

Die zwei verbliebenen Enfields ließen ihre zwei verbliebenen Enfields samt Patronengurten und Holsters aus kunstgepunztem Leder widerstrebend auf den kargen Bewuchs fallen, die anderen Irregeleiteten taten es ihnen gleich, und die Apatschen folgten mit ihren Flitzebögen aus elastischer Esche dem Beispiel der ungeliebten Bundesgenossen auf Zeit.

Von unten quoll braunschwarzgrauweiß der Rauch aus Reet, Holz und indischem Hanf herauf. »Also, ich hab jetzt Kohldampf«, fiel es John Rock doch wieder ein.

»Aber in diesen Badlands gibt es weit und breit nichts zu spachteln, Chef«, wieselte unterwürfig ein entwaffneter Kataphrakt.[10]

10 Ein wirkungsvolles, aber unschädliches Schimpfwort. Es bedeutet Schuppenpanzer, oder pars pro toto, Lanzenreiter und ist heute noch hie und da unter der Bedeutung »Druckverband« geläufig. Da man kaum je einem ausgewachsenen Lanzenreiter begegnet, kann man das Schimpfwort nur selten anwenden, muß also ein bißchen streuen. Man herrscht beispielsweise irgendeinen Widersacher mit den Worten an: »Sieh bloß zu, daß du Land gewinnst, du Kataphrakt!!!« Daraufhin entfernt sich der Widersacher, um zu Hause in Brockhaus, Mackensens »Deutschem Wörterbuch« und im »Lexikon der medizinischen Fachsprache« nachzuschlagen, sagt: »Scheiße, Druckverband, nicht justitiabel«, und ab dafür.»Neurobat« ist ebenfalls ein nützliches Schimpfwort. Es heißt lediglich »Seiltänzer« (klar, ein Akrobat macht es in der Höhe, und ein Neurobat macht es auf dem νεῦρον, oder Nerv, Seil, Draht). Das weiß ich daher, daß mein Vater einst fürchtete, eine Neurose zu haben, weshalb ich ihm den entsprechenden Eintrag in Meyer's Conversations-Lexikon vorlesen mußte. Davon war er so angetan, daß ich ihm auch alles weitere mit Neuro- vorlas. Danach schalt er ein halbes Jahr lang seine Mitarbeiter: »Am Fuffzehnten ist der Erste, Sie Neurobat!« bis es Zeit war für neue Schimpfwörter. Mein Vater war nämlich durch eine Kriegsverletzung ein bißchen blind, weshalb er sich alles vorlesen ließ. Ich meine, die allermeisten Verleger können nicht lesen, aber mein Vater hatte wenigstens ein Attest!

»Hätten eure roten Brüder nicht die Blockhütte angezündet, könnte ich euch jetzt Schlichtglibber ›Shaolin‹ kalt als Salat servieren«, begann John Rock grausam, »aber auch aufgebraten schmeckt er nicht übel«, schloß er versöhnlich.

»Wer hätte das gedacht; ein echter Sternekoch«, hieß es danach allgemein.

»Sterne«, murmelte er sinnlos, »Millionen und Abermillionen von Sternen.« Dann wurde es schwarz.

HARRY ROWOHLT wurde am 27. März 1945 in Hamburg 13 geboren. Er lebt heute als Autor (u.a. Pooh's Corner), Übersetzer (u.a. Flann O´Brien, Frank McCourt) und begnadeter Vortragskünstler in Hamburg Eppendorf. Bei Kein & Aber liegt zahlreiches von ihm Geschriebene, Übersetzte und Vorgetragene vor.

PETER GUT wurde 1959 in Zürich geboren und lebt heute in Winterthur. Der gelernte Schriftsetzer hat sich als Zeichner und als Karikaturist im Schweizer Blätterwald einen Namen gemacht. 2002 erschien bei Kein & Aber der Bildband **Tierisch Unter Strom**, zudem gestaltete er zahlreiche Buchumschläge.

1. Auflage, Herbst 2004

Coverillustration: Peter Gut
Coverentwurf: Isabel Thalmann, Buch & Grafik, Zürich
Satz und Gestaltung: Isabel Thalmann, Buch & Grafik, Zürich
Gesamtherstellung: Graphicom, Vincenza
ISBN 3-0369-5126-1

www.keinundaber.ch

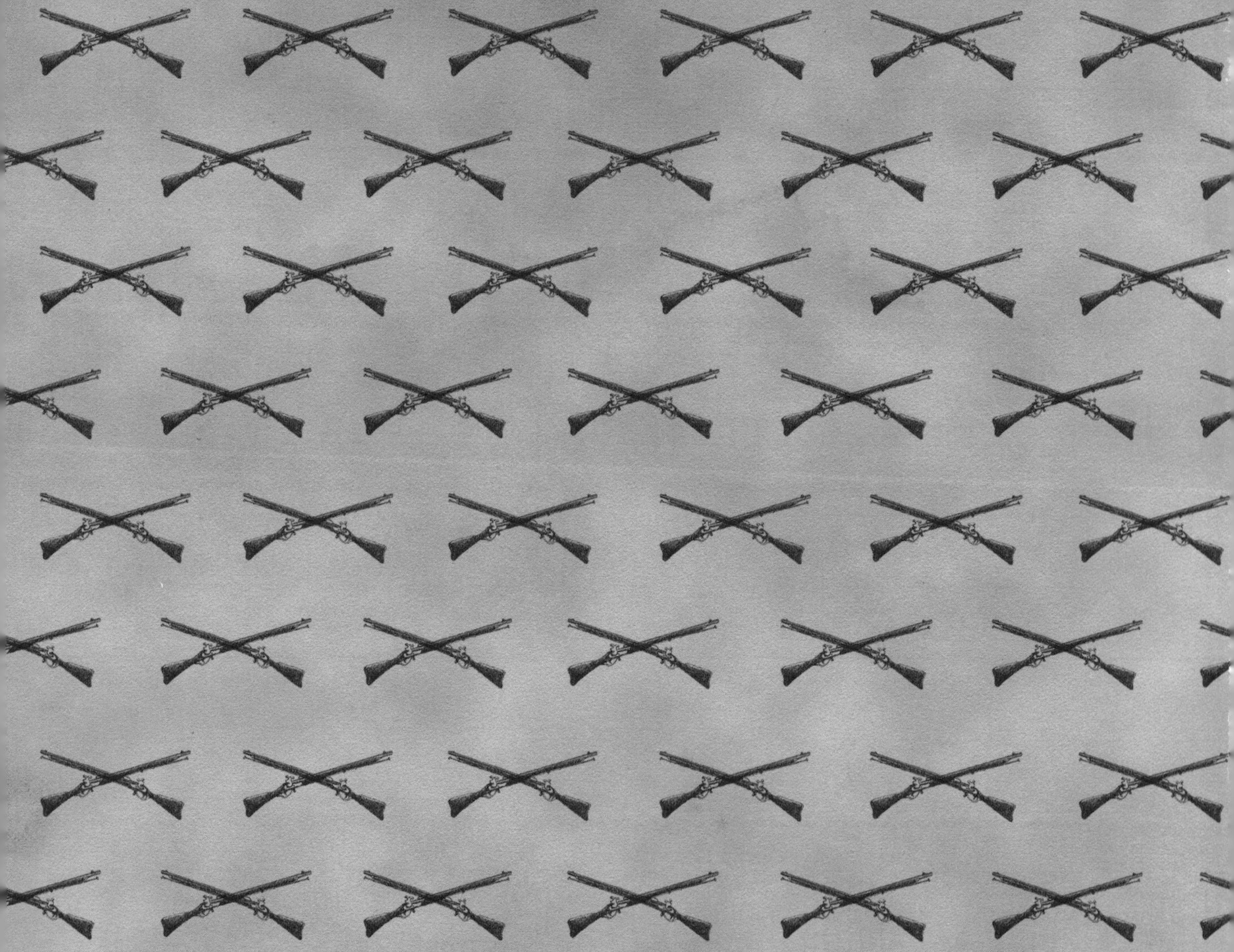